Den Menschen zu schaffen

Den Menschen zu schaffen

Josef von Stackelberg

Bibliografische Information der Deutschen Nationalbibliothek: Die Deutsche Nationalbibliothek verzeichnet diese Publikation in der Deutschen Nationalbibliografie; detaillierte bibliografische Daten sind im Internet über www.dnb.de abrufbar.

Herstellung und Verlag: BoD – Books on Demand, Norderstedt

ISBN 9783753443126

Zur Schöpfungsgeschichte

Mit der Frage, wie es wohl damals abgelaufen sein mochte, als Gott die Erde schuf und den Menschen dazu, beschäftigte ich mich lange, nicht zuletzt wollte ich die Diskrepanz auflösen zwischen den rauschenden Bildern, die die Bibel als Buch der Bücher diesem Thema widmete, und den trockenen Jahreszahlen, die wir während unseres schulischen Geschichtsunterrichts um die Ohren gefegt bekamen. Während eines längeren Flughafenaufenthalts überfiel sie mich dann, die nachfolgende Geschichte, in glasklaren Bildfolgen, die ich nur noch zu beschreiben brauchte.

Das Wort am Anfang

An einem jener trübsinnigen Tage, an denen nichts passiert und alle nur zusehen, mit sich selbst und ihren Unzulänglichkeiten fertig zu werden, saß Gottvater in seiner Werkstatt und schnitzte lustlos an einem Stück Holz herum. Gerade hatte er einen Brief gelesen, in dem sein wichtigster Kunde, die ÜBERGEORDNETE INTELLIGENZ, ihm seine Unzufriedenheit mit Gottvaters letzter Schöpfung mitgeteilt hatte. Die ÜBERGEORDNETE INTELLIGENZ hatte ihm unmissverständlich klargemacht, dass er mit dem Homo Erectus die Anforderungen des Auftrages nicht im Geringsten erfüllt hatte. Seit dem Urknall vor dreizehn Milliarden Jahren war es Gottvater immer noch nicht gelungen, ein System zu entwickeln und zu programmieren, welches imstande war, mit stark veränderlichen Lebensbedingungen fertig zu werden, indem es sich entsprechend anpasste oder die Lebensbedingungen an seine Anforderungen anglich. Sicher, Gottvater hatte ein paar Mikroorganismen geschaffen, deren Reproduktionsrate so hoch war, dass sie mit extrem kurzzeitig auftretenden Veränderungen evolutiv zurechtkamen, aber diese Mikroorganismen konnte man auch nicht annähernd als komplexe Strukturen bezeichnen, beim besten Willen nicht. Gottvater seufzte, dann packte er plötzlich voller Wut sein Messer und warf es gegen die Wand. Zitternd blieb das Messer im Holz stecken. Kurz darauf öffnete sich die Tür und seine Frau Luzifer steckte den Kopf herein: „Was ist denn schon wieder los? Musst Du unbedingt die Wände ruinieren? Wenn Du zu viele überschüssige Kräfte hast, kannst Du lieber mal in den südlichen Hemisphären der Lichtstraße ein bisschen Ordnung machen. Dort scheint sich eine größere Implosionswelle anzubahnen und eine Reihe von schwarzen Löchern zu entstehen. Ich habe Dir schon vor hunderttausend Jahren gesagt, dass das System dort nicht stabil ist!" Gottvater drehte sich um und sah betreten an die Wand, in der sein Messer stak. „Entschuldige bitte mein Aufbrausen, aber ich habe einfach noch keine Lösung für die ÜBERGEORDNETE INTELLIGENZ gefunden. Sie hat sich gerade über die schlechte Performance des Homo Erectus in einem Brief geäußert und möchte Nachbesserung. Ich weiß, dass dort in der Milchstraße ein paar Sternenhaufen unordentlich schwingen und daher unstabil sind, aber das hält sicherlich noch zehntausend Jahre." Luzifer drohte mit dem Zeigefinger und zeterte: „Wehret den Anfängen! Anstatt so viel Neues und Unfertiges zu schaffen, solltest Du lieber mal alle angefangenen Projekte beenden und ein paar Rechnungen schreiben. Mir geht schon langsam das Manna aus. Die Cherubim und die Seraphinen grölen und saufen Tag und Nacht. Gibt es für sie denn keine anderen Aufgaben als Dich zu preisen?" Gottvater starrte Luzifer entgeistert an: „Ja, wofür sonst soll ich sie von der ÜBERGEORDNETEN INTELLIGENZ zugewiesen bekommen haben, wenn nicht, um mich zu loben und zu preisen?" – „Und mich lobt und preist kein einziger? Was hattest Du mir damals vor dem Traualtar versprochen? Mich zu achten und zu ehren, Freud und Leid mit mir zu teilen und zu mir zu stehen in guten und in schlechten Tagen!" Luzifer begann zu schluchzen: „Und was ist heute? Sorgen habe ich ohne Ende, weil Du den Himmel nicht voll genug kriegen kannst mit all diesen sinnlosen und fetten Putten und Engeln, weil Du alles nur anfängst und halb fertig machst und nur an Dich denkst! Hätte ich doch nur damals auf meine Mutter gehört, welche der Meinung war, dass

Brahma besser zu mir passt, auch wenn ich dort nur Getreide zu essen bekomme und diese widerliche Kali dauernd mit ihren Blutopfern die Wohnung besudelt." Gottvater sah Luzifer nachdenklich an und meinte dann langsam: „Meiner Erinnerung zufolge war es zwar etwas anders, aber das sei nun dahingestellt. Was willst Du haben? Wie meinst Du, soll unsere Zukunft aussehen? Oder willst Du Dich scheiden lassen?" – „Ich möchte gerne einen großen Raum haben und viele Töpfe, in denen ich für viele Seelen kochen kann. Was hältst Du davon, dass wir uns die Seelen teilen? Diejenigen, welche Du nicht haben willst, kriege ich alle. Und sie sollen dann MICH verehren und anbeten." Gottvater starrte Luzifer an, bis diese erschrocken zurückwich. „Was sagtest Du da eben? Seelen?" Plötzlich glitt ein Leuchten über sein Gesicht: „Verdammte Axt, das ist die Idee! Seelen! Hahaha! Mann, Luzifer, Du bist doch meine bessere Hälfte! Heureka, ich hab's!" Immer noch lachend schob Gottvater mit einer Handbewegung all die Werkzeuge, Metall- und Holzstücke, Schrauben und Nägel von seinem großen Schöpfertisch, holte einen Block und einen Bleistift aus einer Schublade und begann zu zeich-

9

nen. Dabei murmelte er unentwegt vor sich hin: „Genau, die Seele, das fehlte bislang. Der aufrechte Gang war schon richtig, und die Konstruktion der Hände und Füße auch, so und so, genau. Aber für das Hirn brauche ich noch ein bisschen Platz, ja, so ungefähr. Und dann muss er weniger Haare haben. Schämen soll er sich." Er riss das Blatt ab und begann auf dem nächsten Symbole und Linien zu kritzeln: „Er muss kritisch werden und bösartig. Und Neid muss er empfinden. Das ist die Wurst, nach der er immer schnappen soll und welche ihn antreiben soll, seine Intelligenz zu nutzen. Und nachtragend muss er werden. Er soll sich alles merken können. Dafür brauche ich Speicherplatz ..." Bis tief in die Nacht kritzelte Gottvater ein Blatt nach dem andern voll. Luzifer begann sich nach einer Weile Sorgen zu machen. Sie hatte ihren Mann schon öfters erlebt, wenn er in seinem Schaffenswahn gefangen war, aber so schlimm wie dieses Mal hatte es ihn noch nie gepackt. Gegen halb zwei Uhr morgens schickte sie einen Putten mit einem Krug Manna zu ihm in die Werkstatt und ging dann seufzend zu Bett.

Als sie später von des Tages Helligkeit an der Nase gekitzelt aufwachte, lag Gottvater friedlich neben ihr und schlief. Luzifer strich sich die Haare aus dem Gesicht und betrachtete ihn liebevoll. Ob er für sie wohl die Hölle bauen würde? Oder hatte er ihren sehnlichsten Wunsch schon wieder vergessen? Endlich ein eigenes Reich haben, in das sie sich zurückziehen konnte. Sie seufzte, schlug die Bettdecke vorsichtig zurück, um Gottvater nicht zu wecken, und richtete sich auf. Sie tastete mit den Füßen nach den Pantoffeln. Als sie hineinschlüpfte, verzog sie unwillkürlich das Gesicht. Es wurde Zeit, wieder mal zum Einkaufen in die Stadt zu fahren. Sie brauchte dringend neue Schuhe. Und neue Pantoffeln. Am schönsten wäre ja dieses hufförmige Modell. Oder gar die Stiefel mit der Hufsohle und dem Lockenhaarbesatz. Sie würde natürlich wieder sehr unfreundlich mit Gottvater sein müssen, ehe er ein paar Sterntaler herausrückte, aber das war kein Problem. Plötzlich hatte sie gute Laune. Sie stand auf, warf sich den Morgenmantel um die Schultern und ging summend in die Küche. Der Erzengel Michael saß gerade am Küchentisch. Er hatte einen dampfenden Krug frisch gebrühten Mannas vor sich stehen und hielt in der linken Hand einen Honigriegel, von dem er ein Stück abgebissen hatte und mit vollen Backen zerkaute. Seine rechte Hand ruhte lässig auf dem mächtigen Schwert, das er immer mit sich rumschleppte, seit er es von Gottvater geschenkt bekommen hatte. Er hob den Blick von der Zeitung, in der er gelesen hatte, und sagte: „Ah, guten Morgen, Luzifer. Gut geschlafen?" – „Guten Morgen, Michael. Nein, leider nicht. Gottvater hatte wieder mal einen Schöpfungsanfall. Schuld daran ist natürlich nur die ÜBERGEORDNETE INTELLIGENZ. Sie war mit dem Homo Erectus nicht einverstanden. Nun hat er wieder angefangen zu schaffen. Ich mach mir langsam Sorgen, dass ihm all diese Projekte über den Kopf wachsen. Und in den südlichen Hemisphären der Lichtstraße ist der Teufel los. Dort wird es in Kürze zu einer Katastrophe kommen." Michael drehte wie zufällig und betont lässig seine rechte Hand auf dem Schwertheft hin und her, und das Tageslicht fing sich in dem Brillanten, der in einem Ring an seinem kleinen Finger saß, und sprühte in tausend Funken durch die Küche. Luzifer reagierte jedoch nicht. Innerlich verachtete sie diesen narzisstischen Egozentriker. Nichtsdestotrotz

12

tat es ihr bisweilen ganz gut, sich an seiner Schulter ein bisschen auszuweinen. Weil sie ihn verachtete, brauchte sie sich nicht zu fürchten, dass er ihr überlegen werden könnte. Und Michael war zu ichbezogen, um seine Umwelt wirklich wahrzunehmen. Er achtete auf alle noch so kleinen Äußerlichkeiten, solange sie lebende Wesen betrafen, und sonnte sich gerne in der Gesellschaft der Putten, welche systematisch freundlich und zuvorkommend zu jedem waren, welcher sich nur in ihre Nähe begab. Dass sie seelenlose Automaten waren, interessierte Michael nicht, solange sie ihn nur anhimmelten.

Luzifer schlurfte in der Küche hin und her, während sie das Frühstück richtete. Die getrockneten Heuschrecken gingen langsam zur Neige, wurde wieder mal Zeit für eine neue Plage, dass man ernten konnte. Sie schnupperte am Mannatopf. Es roch, als sei der Inhalt schon wieder verdorben. Wahrscheinlich hatten die himmlischen Heerscharen nach dem letzten großen Gelage die Töpfe nicht sorgfältig gespült, ehe sie sie wieder mit Manna gefüllt hatten. Wenn man nicht alles selber besorgte, dann funktionierte in diesem Himmel aber auch gar nichts. Und Gottvater hatte seinen Kopf nur in den Wolken. Aber

13

es half nichts, nun Trübsinn zu blasen. Sie stellte die Mannatassen auf den Tisch und dabei absichtlich auf die Zeitung, auch wenn sie die Hoffnung schon aufgegeben hatte, dass Michael mit diesen Signalen verstehen würde, dass er die Zeitung zusammenfalten und weglegen sollte. Nach einer Weile hörte sie ein Husten und Räuspern aus dem Schlafzimmer. Jemand war wach geworden. Das Bettgestell knarzte, als Gottvater sich aufrichtete, dann hörte sie ein melodiös sein sollendes Gähnen, und schlurfend betrat ihr Mann die Küche. Wie er wieder aussah! Die langen weißen Unterhosen waren an den Knien ausgebeult, bestimmt hatte er sie schon seit ein paar Wochen nicht mehr gewechselt. Sein Unterhemd hatte unter den Achseln Löcher, und ein dichter Busch dunkler Haare quoll daraus hervor, als Gottvater sich am Hinterkopf kratzte, dann eingehend die vereinzelt unter den schwarzen Fingernägeln klemmenden Haare studierte, ehe er sie achtlos auf den Boden schnippte. „Guten Morgen, Michael, guten Morgen, Luzifer. Ah Mann, das riecht ja gut hier. Was gibt es denn, meine Liebe? Frisch geröstete Heuschrecken mit Honig? Ich glaube, ich hatte gestern Abend noch eine glänzende Idee. Damit müsste die ÜBERGEORDNETE INTELLIGENZ nun endlich zufrieden sein. Ich werde ihm einen Menschen machen. Ich weiß auch schon, wie er aussehen soll. Und die Programmstruktur habe ich auch schon fast fertig. Da sind nur noch ein paar Kleinigkeiten zu klären. Ich glaube, ich fahre heute mal in die Stadt. Ich rufe nur vorher an, ob die ÜBERGEORDNETE INTELLIGENZ im Büro ist. Brauchst Du auch etwas? Willst Du mitkommen?" Ehe Luzifer ein Wort sagen konnte, mischte sich Michael ein: „Kann ich auch mitkommen? Ich habe keine weiße Robe mehr, nur noch so ausgewaschenes Zeug. Damit kann man sich ja bei keiner Verkündigung sehen lassen. Da muss man sich ja richtiggehend schämen." – „Ja, klar, kein Problem." Luzifer meinte: „Ja, ich müsste auch ein bisschen shoppen gehen. Ich brauche neue Schuhe ..." – „Das trifft sich doch hervorragend, dann setze ich Euch beide an der Fußgängerzone ab und Ihr könnt schon mal suchen, was Ihr braucht, während ich zur ÜBERGEORDNETEN INTELLIGENZ fahre und mit ihr bespreche, wie wir weitermachen sollen. Ich muss auch zusehen, wie ich das dann zeitlich organisiere, wenn ich für Dich die Hölle vorbereiten möchte und nebenbei in der Milchstraße die Reparaturen vornehme. Michael, nimm doch bitte mal die Zeitung vom Tisch, wird ja alles klebrig vom Honig, und ich kriege dann die Seiten nicht mehr auseinander, wenn ich sie heute Abend lesen möchte." Offensichtlich gut gelaunt setzte sich Gottvater an den Tisch, goss sich etwas Manna in die Tasse, griff sich einen Honigriegel und biss hinein. Kauend und schmatzend sprach er weiter: „Deine Bemerkung gestern Abend mit den Seelen, Luzifer, war einfach genial. Ich bin mir zwar noch nicht ganz schlüssig, wie ich sie realisieren soll, aber sie werden den Menschen sicherlich verbessern. Die Testphase und das Hochfahren der Betriebssysteme mache ich dann im Paradies. Michael, sagst Du bitte bei Gelegenheit Raphael Bescheid, dass er den Baum der Erkenntnis beschneiden soll, dass dort die Früchte wieder besser wachsen? Die letztjährige Ernte war ja extrem schlecht, viel zu viele Wassertriebe. Wahrscheinlich hat der Baum auch schon ewig keinen Dünger mehr bekommen. Gabriel soll dann gleich ein paar Gabeln Mist auf die Wurzeln schmeißen. Davon dürfte eigentlich kein Mangel herrschen hier im Himmel."

Während Luzifer, innerlich glückstrahlend ob der Aussicht, bald ihre eigene Hölle zu haben, versuchte, ein mürrisches Gesicht zu machen, öffnete sie Küchenschränke und Schubladen und schrieb eifrig auf eine Liste, was sie alles brauchte. Sie kamen nur selten in die Stadt, die Reise war nicht ungefährlich seit dem letzten Urknall, und obwohl sie aus dem Garten Eden alle Grundbedürfnisse decken konnten, gab es doch in den Geschäften der Stadt einige Dinge, wie Gewürze oder künstliche Aromen, welche der Garten nicht hergab. Nebenbei schrieb sie noch ein paar Wunschträume wie ein oder zwei Kleider dazu, und natürlich Schuhe! Luzifer fuhr nie in die Stadt, ohne Schuhe zu kaufen. Schuhe brauchte man immer, und sie waren immer nur für kurze Zeit modisch, und sie passten schon nach kurzer Zeit zu keinem Kleid mehr.

Sie schickte Michael los, einen Sack voller Sterntaler aus der Schatzkammer zu holen, und ging dann ins Bad, um sich etwas zurecht zu machen. Im Hinausgehen erinnerte sie Gottvater noch daran, sich frische Unterwäsche und Kleider anzuziehen und sich zu rasieren. Wenn man zum Kunden fuhr, dann hatte man etwas gepflegter zu erscheinen, darum

sollte er sich auch eine Krawatte umbinden. Gottvater murrte, dass er einen dicken Hals hätte und
Krawatten das Blut zum Hals abschnürten und ihn
am Denken hinderten.

Dann spülte er den letzten Brocken Honigriegel mit
einem Schluck Manna hinunter, stellte die Tasse auf
den Tisch und ging in sein Büro, um die ÜBERGE-
ORDNETE INTELLIGENZ anzurufen und sie zu fragen, ob er heute vorbeikommen könnte.

Eine halbe Stunde später saßen sie im Feuerwagen
auf dem Weg in die Stadt, Gottvater am Steuer, Luzifer an seiner Seite, und Michael auf dem Rücksitz.
Es hatte beim Einsteigen wieder mal etwas Gezeter
gegeben, weil Michael sein Schwert nicht in den
Kofferraum legen wollte und Luzifer kategorisch er-
klärte, mit einem Schwert im Rücken würde sie keinen Meter mitfahren. Gottvater hatte dann ein
Machtwort gesprochen, das Schwert lag auf dem
Boden hinter den Vordersitzen und Michael schmoll-
te. Luzifer fühlte sich hingegen wie im siebten Himmel.

Nach einer kurzen Fahrt von ein paar Stunden, ein
paar mal verfahren in der Stadt und einigen Un-
stimmigkeiten, wann und wo man sich wieder treffen

wollte, ließ Gottvater Michael und Luzifer ausstei-
gen und reihte sich anschließend wieder in den Ver-
kehr ein. Bis zum Büro der ÜBERGEORDNETEN
INTELLIGENZ war es nicht mehr weit, er fand auch
auf Anhieb etwas, was wie eine Parklücke aussah,
rangierte den Feuerwagen schwungvoll zwischen
die anderen Gefährte und stellte den Motor ab.
Dann lehnte er sich aufatmend zurück und stutzte.
Natürlich, darum hatte er die Hinweisschilder am
Weg so schlecht erkennen können und beinahe den
großen Bären und die Zwillinge überfahren. Er hatte
seine Brille zu Hause vergessen. Sie lag wahrscheinlich auf seiner Werkbank, wo er sie gestern
Abend oder heute Morgen abgesetzt hatte, um sich
den Schöpferschweiß von der Stirn zu tupfen. Seufzend stieg er aus dem Feuerwagen, verschloss die
Fahrertür und öffnete den Kofferraum. Er nahm seine Aktentasche und einen Regenschirm, drückte
sich den Hut auf den Kopf, schloss schwungvoll die
Kofferraumklappe und marschierte zum Haus der
ÜBERGEORDNETEN INTELLIGENZ. Er klingelte,
und eine vertrocknete Subalterne öffnete im glei-
chen Moment die Tür, als hätte sie auf ihn gewartet.
Gottvater grüßte freundlich, nahm den Hut ab und

sagte, etwas verlegen von einem Bein auf das andere tretend: „Ich habe heute morgen mit der ÜBER-GEORDNETEN INTELLIGENZ einen kurzfristigen Termin vereinbart, gegen Mittag. Nun bin ich schon eine Stunde früher da. Ich hoffe, es macht nichts." Die Subalterne strahlte ihn an, und die Runzeln in ihrem Gesicht verdoppelten sich: „Nein, macht gar nichts, seine Intelligenz wartet schon. Wenn ER mir bitte folgen möchte." Sie watschelte durch die verwinkelten Gänge des Altbaus, kletterte einige Treppen hoch und nach einem Stück Gang wieder einige Treppen runter. Trotz ihres augenscheinlichen Alters entwickelte sie eine verblüffende Geschwindigkeit und Gottvater hatte ehrliche Mühe, ihr zu folgen. In einer Hand seinen Hut haltend, mit der anderen den Griff der Aktentasche umklammernd, ruderte er hinter der Subalternen heftig schnaufend her.

Schließlich blieb die Subalterne vor einer Tür stehen, öffnete diese, sagte nach drinnen: „ER ist erschienen" und winkte Gottvater, einzutreten. Hinter ihm verschloss sie die Tür wieder. Gottvater blieb einen Moment stehen, damit sich seine Augen nach den düsteren Gängen an das helle Licht des Raumes gewöhnen konnten, in den er eben eingetreten war. Der Raum wurde offensichtlich beherrscht von den Bücherregalen an den Wänden. Die Bücherregale wurden nur unterbrochen durch große, vom Boden bis zur Decke reichende Fenster an allen vier Seiten des Raumes. Durch alle Fenster fiel helles Licht in den Raum, in dessen Mitte ein ringförmiger Schreibtisch stand. In der Mitte des Ringes befand sich ein Wesen, dessen Gestalt an eine Kugel erinnerte. Aus der Richtung der Kugel kam eine raumfüllende Stimme: „Tritt ein, Gottvater, leg den Mantel ab und fühl Dich wie im Himmel. Du hast mich sehr neugierig gemacht mit Deinem Telefonat. Die vollendete Schöpfung, eine etwas anmaßend klingende Bezeichnung für eine Idee, nach all den Übungsstücken, welche Du bislang abliefertest." Bei diesen Worten hatte sich an der Oberfläche der oberen Kugelhälfte ein glänzender Ausschnitt gebildet, welcher direkt in Richtung Gottvaters zeigte und ihm nun unverwandt folgte. Wenn man diesen glänzenden Ausschnitt genau betrachtete, konnte man erkennen, dass er sich aus einer Unmenge an winzigkleinen Segmenten zusammensetzte. Gottvater stellte die Aktentasche auf den Boden, legte den

Hut darauf, lehnte den Regenschirm daneben an die Wand und zog seinen Mantel aus. Er hing diesen an einen neben der Tür stehenden Kleiderhaken, seinen Schirm daneben an einen Haken, legte den Hut oben drauf, nahm seine Aktentasche wieder und ging zu dem Schreibtisch. Im Näherkommen sagte er: „Also, das ist nun folgendermaßen. Gestern Abend sagte Luzifer, dass sie gerne eine Hölle möchte und Seelen dazu. Da fiel mir ein, warum die bisherigen Versuche, ein Wesen zu schaffen, welches Ihre Spezifikation erfüllt, gescheitert sind, weil ich vergessen habe, eine Seele zu implementieren. Ich habe mir nun gestern Abend ein paar Gedanken gemacht zur Mechanik, aber hauptsächlich zum Programm, und wie man ein Seele realisieren könnte, und wie das Programm beschaffen sein müsste, um spezifikationsgemäß zu funktionieren."

Mit diesen Worten legte Gottvater die Aktentasche auf den Schreibtisch, öffnete sie und holte einen Stapel Papier heraus. Dann stutzte er, fasste noch einmal in die Tasche und holte eine etwas lädierte Brille hervor. „Sieh mal einer an, muss ich sie aus Versehen in den Koffer geschmissen haben, als ich die Pläne einpackte", murmelte er kopfschüttelnd, bog das Gestell etwas zurecht und setzte die Brille auf die Nase. Dann begann er die Papiere auszubreiten. „Also, das hier, das sind die äußerlichen Formen. Ich habe mich hier an meiner eigenen Figur orientiert, soll er doch ein Ebenbild meiner werden, der Mensch. Hier sehen Sie einige Skizzen zu den Versorgungsanlagen, Verdauungstrakte und so weiter, sehr stark an die Allesfresser wie Schweine angelehnt. Hier die Anordnung der Sinne für Sehen, Hören, Riechen und Schmecken. Mit Ausnahme der Fühlsinne habe ich diese Sensoren sehr nahe ans Gehirn gelegt, um die Signalleitungen kurz und damit Interferenzen gering zu halten. Und hier ..." mit diesen Worten präsentierte Gottvater ein mehrfach gefaltetes großes Blatt, das er geschwind auseinander zog, „... sehen Sie die Programmstruktur. Ich habe sie auf drei Ebenen angelegt." Mit der Spitze eines Bleistiftes auf einzelne Symbole zeigend oder ganze Bereiche der Graphik umfahrend, erläuterte Gottvater seine Idee. Weggewischt waren seine linkische Art und seine Unsicherheit, hier war er in seinem Element. Die ÜBERGEORDNETE INTELLIGENZ gab während Gottvaters Erklärungen kein Signal von sich, nur der glänzende Ausschnitt mit seinen vielen Segmenten folgte aufmerksam den Bewegungen des Bleistiftes.

Als Gottvater nach ein paar Stunden unablässigen Redens und davon heiserer Stimme mit den Worten schloss: "Natürlich ist noch nicht alles bis ins Detail durchkonstruiert, aber ich bin der Meinung, dass ..." – und hier tauchte wieder etwas wie Unsicherheit in seiner Stimme auf – "... diese Schöpfung durchaus als komplexe Struktur bezeichnet zu werden verdient und dass sie in der Lage sein müsste, sich die notwendigen Hilfsmittel zu schaffen, um entweder die Umwelt an seine Bedürfnisse anzupassen oder sich an die Umwelt anzupassen." Gottvater blickte erwartungsvoll auf seinen Auftraggeber. Die ÜBER-GEORDNETE INTELLIGENZ richtete den glänzenden Ausschnitt auf Gottvaters Gesicht, schwieg lange und sagte schließlich: "Wenn Du für die Herstellung noch ein zertifiziertes Qualitätsmanagementsystem einführst, dann verdient diese Entwicklung, die Krone der Schöpfung genannt zu werden. Bau sie. Auf Wiedersehen."

Der Seelenstreit

Gottvater hatte seiner Luzifer eine eigene Hölle versprochen, als sie ihm mit dem Hinweis auf die Seele aus einer Notlage half. Er hatte Probleme bei der Erschaffung des Menschen, weil dieser nicht die Anforderungen der ÜBERGEORDNETEN INTELLIGENZ erfüllte, bis Gottvater eine Seele implementierte. Die Seele sollte dem Körper des Menschen die Form von Leben vermitteln, welche die Spezifikation der ÜBERGEORDNETEN INTELLIGENZ forderte. Gottvater hatte den Menschen erschaffen, erst den Körper, welchen er schlicht aus den am häufigsten vorhandenen Stoffen in seiner Schöpfung formte, dann die drei Ebenen seiner Software, das Unterbewusstsein, das Ich und das Über-Ich, welche er extra für den Menschen geschrieben hatte und im Paradies in den Körper lud und in Betrieb nahm. Er schuf einen Mann und eine Frau, um sein Ebenbild vollständig zu erfassen, um zwei Gegenpole für Energiefelder zu haben und nicht zuletzt, um die Vermehrung des Menschen sicherzustellen.
Einige Geschichtsbücher erzählen, dass Gottvater die Frau aus einer Rippe des Mannes geschaffen

hätte. Aber diese Geschichte ist natürlich Unsinn – keine männliche Rippe könnte derart gesegnete weibliche Kurven tragen – und sicherlich dem Wahn verblendeter Paternalisten entsprungen. Wie auch immer, Mann und Frau waren gebaut und mit Programm und Seele ausgestattet worden. Sie hatten bei der Inbetriebnahme den Härtetest bestanden, als sie die Frucht vom Baum der Erkenntnis gegessen hatten und den dadurch erlebten Kulturschock überstanden.

Michael mit dem Flammenschwert hatte sie daraufhin aus dem Paradies zur Erde gebracht, einem damals noch relativ jungen Planeten, welcher zufällig auf einer Bahn um eine Sonne kreiste, sich um sich selbst drehte, von einem Trabanten umrundet wurde und für Gottvater schon zu früherer Zeit als Testlabor für Schöpfungen gedient hatte. Die Einsetzung des Menschen auf der Erde sollte – neben den Tests, welche am Menschen durchzuführen waren – als Prüfung der Robustheit der Restschöpfung dienen. Als Gottvater seiner Luzifer ihre Hölle versprochen hatte, hatte sie ihn auch so verstanden, dass sie ungefähr die Hälfte der Seelen erhalten sollte, welche von den Menschen wieder frei wurden.

Nun hatte sich der Mensch schon fleißig vermehrt und auftragsgemäß über die Erde verbreitet, hatte Kriege geführt oder war durch Gift, Intrigen oder an Altersgebrechen gestorben. Also mussten haufenweise Seelen frei geworden sein, von denen Luzifer nach ihrer Meinung ungefähr die Hälfte zustehen sollte.

Luzifer hatte seit einigen tausend Jahren in ihrer Hölle gewirtschaftet, gekocht, gebraten und gebacken. Die Wände waren schwarz vom Ruß und die einzigen Gäste, die sie jemals gesehen hatte, waren einige Putten sowie Cherubim und Seraphinen, welche neben dem ewigen – sicherlich nahrhaften und wohlschmeckenden – Manna und Lob- und Preisungsgesängen mal wieder deftige Küche essen und bei schweinischem Gegröle ihre Sau rauslassen wollten.

Luzifer war unzufrieden, und wenn sie unzufrieden war, bekam sie Migräne. Von Migräne wurde sie gereizt, und nach einigen Tagen, in denen sie grollend in ihrer Hölle auf- und abgetigert war, legte sie den Zerberus vor dem Höhleneingang an die Kette, befahl ihm, gut aufzupassen und marschierte zum Himmel. Der Zerberus legte seufzend seinen dicken

Kopf auf seine Vorderpfoten, zog die Stirn in Denkerfalten und grübelte darüber nach, worauf er wohl aufpassen sollte.

Ein bisschen Wehmut überkam Luzifer, als sie durch die Himmelspforte schritt. Schnell wischte sie den Gedanken beiseite. Nie hätte sie sich selbst verwirklichen können, wäre sie länger an der Seite Gottvaters geblieben.

Auf dem Weg zu seiner Werkstatt warf sie einen kurzen Blick in die himmlische Küche. Sie war entsetzt. Neben leeren Ravioli-Dosen und verschmierten Pizzaschachteln stapelten sich haufenweise ungewaschene Teller. Ein betäubender Geruch nach Verfall und Erneuerung lag in der Luft. Sie machte unwillkürlich einen Schritt in die Küche, blieb aber sofort stehen, als sie merkte, wie klebrig der Boden war. Sie schüttelte entrüstet den Kopf und wandte sich ab. Sie musste sich mächtig bremsen, um nicht loszulaufen, gestattete sich jedoch einen eiligen Schritt zu Gottvaters Werkstatt. Sie riss die Tür auf – und erstarrte. Zu friedlich war das Bild des schlummernden Gottes in der Ecke der Werkstatt auf einem wackligen Holzstuhl, den Kopf rückwärts gegen die Wand gelehnt, der offene Mund entließ sanfte Schnarchgeräusche. Feine Staubwolken schwebten leise im Licht über ihm und bewegten sich im Rhythmus seines Atems auf und nieder. Luzifer spürte, wie sich ihr Herz zusammenzog und Zuneigung sie durchflutete. Sie trat leise ein, schloss leise die Tür und setzte sich leise auf einen Stuhl. Dort saß sie und betrachtete lange denjenigen, an dessen Seite sie schon so viel erlebt hatte: Die Einführung der Zeit im Universum, aus dem daraus entstandenen Energiesprung den Urknall, Gottvaters verzweifelte und vergebliche Versuche, die Kettenreaktion zu verlangsamen, die wiederholten Einmischungen der ÜBERGEORDNETEN INTELLIGENZ, welche zu weiteren Konfusionen in der Schöpfung geführt hatten, weil die Spezifikationen nie sorgfältig zu Ende formuliert worden waren und viel zu früh dem Stadium der Empirik Platz machten, und nach der Erschaffung der vielen Kreaturen endlich der beseelte Mensch, der die Krone der Schöpfung sein sollte.

Dieser letzte Gedanke brachte sie wieder auf den Grund ihres Besuches. Die Seelen, von denen sie in der Hölle bis heute keine einzige zu Gesicht bekommen hatte. Entschlossen stand sie auf, ging zu

Gottvater, drückte ihm mit einer Hand das Kinn hoch, dass sich die Lippen schlossen, und hielt ihm mit der anderen Hand die Nase zu. Das Schnarchgeräusch setzte für eine Weile aus, ehe Gottvater anfing, mit den Armen zu rudern und den Kopf zu schütteln. Prustend und schnaubend schlug er die Augen auf: "Wie? Was? Uh, oh! Was ist los?" Nun erst gewahrte er Luzifer, die fasziniert auf die beiden dunklen fettigen Flecke hinter seinem Kopf an der Wand starrte, wo er offenbar die letzten tausend Jahre seinen Kopf zum Schlafen angelehnt hatte. Ihr Blick wanderte langsam über sein zerknülltes Hemd und die ausgebeulten Hosen nach unten zu den Resten seiner Socken, aus deren Löchern knorrige Zehen mit breiten Trauerrändern an den hornigen Nägeln standen. "Was ist das eigentlich für ein Saustall geworden? In der Küche hat wohl niemand mehr sauber gemacht, seit ich ausgezogen bin! Da stehen haufenweise schmutzige Teller herum! So viele hatten wir doch nie, oder?" – "Äh, äh, ... wir haben uns immer mal wieder welche gekauft, wenn die anderen aufgebraucht waren. Ich wusste ja nicht, wo das Spülmittel aufbewahrt wird, und sonst schien es auch keiner gefunden zu haben ..." – "Und wie

Du aussiehst! Schau dich mal an!" – "Pah, ich habe keine Zeit, mich um solche Kleinigkeiten zu kümmern. Ich muss hier erst mal ein paar Probleme lösen. Was machst Du hier eigentlich? Ich dachte, Du seist in der Hölle." Luzifer holte tief Luft und legte los: "Du bist ein Betrüger, jawohl, das bist Du! Erst versprichst Du mir alles Mögliche und dann hältst Du es doch nicht! Du bist der Meinung, ich merke es nicht, weil ich bin ja dämlich, mit mir kann man das ja machen! Aber nicht mit mir!" Gottvater sah Luzifer ganz verdattert an: "Was? Wie? Wovon sprichst Du? Ich halte Dich nicht für dämlich ..." – "Natürlich tust Du das! Glaubst Du, ich habe nicht gemerkt, als Du damals hinter dieser Hera, dieser Schlampe, herscharwenzelt bist? Oder als Du mich ins Nirwana schicken wolltest und ich noch rechtzeitig merkte, dass Du mich eigentlich nur aus dem Weg haben wolltest! Du änderst Dich nie! Immer wieder versuchst Du es, aber ich komme halt doch dahinter, wenn Du mich betrügen willst!" – "Was ist eigentlich los? Bist Du gekommen, um diese uralten Geschichten aufzuwärmen? Was willst Du eigentlich?" Gottvater war immer noch fassungslos. Gleichzeitig hatte er ein schlechtes Gewissen. Seine Gedanken ras-

31

ten. Was hatte er getan, seit Luzifer den Himmel verlassen hatte? Er hatte den Menschen gebaut und in Betrieb genommen und seitdem versuchte er, die letzten Mängel zu beseitigen. Gut, er hatte im Himmel nicht so sehr drauf geachtet, dass die Engel immer alles in Ordnung hielten. Aber DAS konnte Luzifer doch unmöglich so in Rage bringen, oder? Luzifer rief: "Ha, ich sehe es Dir doch an, dass Du ein schlechtes Gewissen hast. Du hast mich betrogen, ich weiß es doch!" "Nein, nein", stammelte Gottvater, "das stimmt nun wirklich nicht. Sicherlich, ich habe hier nicht immer für die notwendige Ordnung gesorgt, aber betrogen habe ich Dich nicht." – "Natürlich hast Du mich betrogen! Warum sonst kommen keine Seelen zu mir in die Hölle? Siehst Du, jetzt bist Du sprachlos!" Gottvater schüttelte unglücklich den Kopf: "Nein, Luzifer, das ist alles ganz anders, als Du glaubst. Es gibt keine Seelen." – "Wie, es gibt keine Seelen?" – "Wie ich es sage. Es gibt keine Seelen. Die Seelen halten im entfleischten Zustand nicht." Luzifer zog die Stirn kraus, zwischen ihren Augenbrauen erschien eine steile Falte. Man konnte ihr förmlich ansehen, wie sie sich bemühte, mit dieser völlig unerwarteten Information fertig zu werden. Sie drehte den Kopf langsam zu Gottvater, schluckte und sagte: "Sie halten im entfleischten Zustand nicht?" — "Also," Gottvater holte ein paar mal Luft, blickte betreten zu Boden, knetete seine Hände und sagte: "Das ist so. Damit der Mensch Leben ausprägen kann im Sinne von intelligentem Leben, braucht er eine Seele. Ich habe da lange rumexperimentiert, wie diese Seele aussehen soll. Damit Intelligenz aktiv werden kann, braucht sie eine Art Kern, um die herum sie sich entwickelt. Ich habe erst versucht, diesen Kern aus Materie zu formen. Da Materie genügender Komplexität eine Tendenz zu unstabilem Verhalten zeigt, war dieser Gedanke nahe liegend. Leider reicht aber dieses unstabile Verhalten, welches man vielleicht mit "gerichtetem Chaos" umschreiben könnte ..." — "So wie das Chaos in der Himmelsküche?" — "Wie? Äh, nein ... also dieses gerichtete Chaos reicht nicht aus, um Intelligenz zu initiieren. Darum habe ich irgendwann angefangen, mit nichtmateriellen Zuständen zu arbeiten. Nachdem ich im Universum die Zeit eingeführt hatte, waren materiebedingte Felder entstanden, die ihre Zustände über die Zeit ändern, und zwar regelmäßig. Man kann sagen, sie oszillieren. Ich habe nun herausgefunden, dass bestimmte Materie-Oszillationen Information aufnehmen, speichern und übertragen können. Wenn man nun diese Materie-Oszillationen in einer bestimmten multirhombischen Geometrie anordnet, dann verhält sich das resultierende Summenoszillationsfeld so, als sei es gefangen. Damit konnte ich Information in einen menschlichen Körper als Intelligenzkern implantieren. Ich hatte gedacht, dass diese Intelligenzkerne aus dem Körper wieder entweichen können, wenn der Körper sich entlebt, und beladen mit dem Lebenswissen des Körpers in einen neuen Körper eintauchen, um dort weiteres Wissen zu sammeln. Oder, wenn sie nicht mehr Wissen sammeln möchten, sich in den Himmel oder in die Hölle begeben, um dort die Putten, die Cherubim und die Seraphinen vorübergehend zu beseelen. Damit hätten diese in ihrer Funktion als temporäre Seelenwirte endlich sinnvolle Aufgaben übernehmen können, abgesehen davon natürlich, mich zu preisen. Nun, soweit funktioniert alles ganz gut, bis auf die Tatsache, dass eine Seele nach ihrer Entfleischung nur einen ganz kurzen Moment noch existiert und dann auch verschwindet. Als ich merkte, dass ich mit meiner ursprünglichen Lösung nicht weiterkomme, habe ich provisorisch eine Intelligenzkernspaltung eingeführt, damit das intelligente Leben zumindest von der Mutter auf das Kind übertragen werden kann. Leider kann ich nur den Kernstamm spalten, so dass der Prozess der Wissensanhäufung mit jedem Menschen von Neuem beginnt. Na ja, nun habe ich erst mal sichergestellt, dass der Mensch ein intelligentes Leben führt, und probiere seitdem, die unsterbliche Seele zu entwickeln, wie ursprünglich spezifiziert. So ist das." Gottvater zuckte mit den Schultern und sah Luzifer traurig an. "Es tut mir leid, aber mir scheint, ich hätte hier wieder einmal etwas angefangen und kriege es nicht fertig." Luzifer nickte und sah recht nachdenklich aus.

Nach einer Weile schüttelte sie den Kopf und sagte: "Ich habe gar nichts verstanden von Deinen Ossi ... wie war das noch gleich? und Seelenwirten und Stämmen, die gespalten werden. Wo sind diese Seelen? Die müssen doch irgendwo geblieben sein bei den vielen toten Menschen auf der Erde!" – ", Nein, eben nicht, weil sie nicht materiell sind." – "Ja, aber ... " – "Ich habe dann am Programm des Menschen etwas geändert und ihm die Erkenntnis der Schrift gegeben, damit er Ereignisse und Erkenntnisse aufschreiben kann. Auf diese Weise gibt es so etwas wie eine Pseudo-Unsterblichkeit, zwar nicht einer Seele als nichtmateriellem Teil des Menschen, aber in nichtmaterieller Form in der Gesamtheit der Menschen in Form von Erinnerung. Nun denke ich noch darüber nach, wie ich diese Pseudo-Unsterblichkeit der ÜBERGEORDNETEN INTELLIGENZ verkaufen kann.

Da fällt mir ein. Ich muss noch einen Termin vereinbaren mit der ÜBERGEORDNETEN INTELLIGENZ, um diesen Punkt endlich abhaken zu können."

Die Komplikation der Liebe

"Wie Sie sicherlich erkennen, habe ich die Anforderungen der Spezifikation übererfüllt, weil ich nun sogar die Unsterblichkeit des Individuums einführen konnte auf der Basis der nichtpersonengebundenen Erinnerungen. Ich bin daher der Meinung, dass ich meinen Auftrag erfolgreich abgeschlossen habe und dass damit die Schlusszahlung für die Entwicklung fällig wird." Gottvater zog ein großes Taschentuch aus seiner rechten Hosentasche, entfaltete es sorgfältig, betrachtete nachdenklich den Inhalt des schon länger nicht mehr gewaschenen Tuches und schnäuzte sich kräftig und geräuschvoll. Dann warf er noch einen Blick auf das Ergebnis seines Prustens und Schnaubens, um anschließend das Taschentuch wieder penibel zusammenzufalten und umständlich in seiner Hosentasche zu verstauen.

Die ÜBERGEORDNETE INTELLIGENZ sagte immer noch nichts. Die vielen Blickfacetten blieben unverwandt auf Gottvater gerichtet. Dieser starrte eine Weile zurück, dann irrten seine Augen zur Seite. Er begann seine Hände zu kneten, nahm seine Brille ab, klappte die Henkel zu, klappte sie wieder auf und schob die Brille wieder auf die Nase. Er kratzte sich auf dem Bauch und am Kopf, trat von einem Bein auf das andere, zuckte schließlich mit den Achseln und meinte: "Oder bin ich vielleicht doch nicht fertig? Aber was fehlt denn nun noch?" – "Die angebotene Lösung ist schon mal ganz gut. Mir fehlt zwar noch die Rückverfolgbarkeit der einzelnen Entwicklungsschritte, aber Dokumentation war ohnehin noch nie Deine Stärke. Wahrscheinlich müssen die Menschen sich diesbezüglich mal von Deinen Gewohnheiten trennen. Was hältst Du davon, wenn wir die Spezifikation erweitern und ein zusätzliches Stimulans einführen neben dem Neid, auf dass der Mensch einen Antrieb erhält, sich zu verbessern?" – "Hm, darüber muss ich erst mal nachdenken und es zu verstehen versuchen. Einen positiven Antrieb, sich selbst zu verbessern, soll der Mensch erhalten?" Gottvater schnalzte mit der Zunge, schabte mit den Fingerspitzen über die Bartstoppeln an seinem Kinn, was ein raschelndes Geräusch erzeugte, tippte sich mit dem rechten Zeigefinger auf die Nasenspitze, zuckte wieder mit den Schultern und sagte: "Ich muss wirklich nachdenken. Ich schlage vor, in einer Woche rufe ich Sie wieder

an. Bis dahin sollte mir etwas eingefallen sein." –
"Gut, dann auf Wiedersehen und gute Heimfahrt." –
"Ja, auf Wiedersehen."

Gottvater drehte sich um und ging zur Tür, nahm
seinen Mantel vom Haken, schlüpfte hinein, stülpte
sich den Hut auf den Kopf, hob seine Aktentasche
wieder hoch und griff nach der Klinke. In diesem
Moment öffnete sich die Tür, die Subalterne strahlte
Gottvater an und winkte ihn hinaus. Gottvater drehte sich noch einmal nach der ÜBERGEORDNETEN
INTELLIGENZ um, aber die Blickfacetten waren
schon von der Oberfläche verschwunden.

Er eilte hinter der Subalternen her, die ihn durch die
verwinkelten Gänge des Altbaus zur Haustür führte.
Als er aus der Haustür trat, begann es eben zu reg-
nen. Warum mussten ausgerechnet jetzt die sieben
Jahre Dürre vorbei sein, wenn er seinen Regenschirm vergessen hatte? Gottvater brummelte etwas,
ging die Straße hinab, stutzte, drehte sich um,
blickte die Straße hinab und hinauf, stutzte wieder,
brummte: "Wo ist denn der Feuerwagen geblieben?
Ich stelle ihn doch immer auf diesen Parkplatz,
wenn ich hierher komme." Er drehte sich noch einmal um und fasste ein Schild ins Auge, welches un-

mittelbar bei einem freien Platz neben der Straße an einem Pfosten angebracht war:

FEUERWEHREINFAHRT

Fahrzeuge werden kostenpflichtig entfernt

Daher also war dieser Parkplatz immer frei gewesen, egal, zu welcher Tageszeit er hier angekommen war. Gottvater blickte sich suchend um, fand schließlich zu seiner Erleichterung eines dieser neongrün lackierten Telefonhäuschen und steuerte darauf zu, in seinen Hosentaschen nach ein paar Münzen kramend. Als er an dem augenpeinigend leuchtenden Kasten angekommen war, sah er einen Putten mit langen blonden Locken und dick mit Rouge belegtem Gesicht drinstehen und eifrig auf die Sprechmuschel einschnattern, dabei immer wieder mit den schweren künstlichen Wimpern flatternd. Gottvater zog die Schulter gegen den Regen hoch, trat von einem Bein auf das andere, weil die Nässe auf der Straße mittlerweile die Löcher in seinen Schuhen gefunden hatte und gerade dabei war, sich in seinen Wollsocken auszubreiten, und überlegte sich, wen er nun am Besten anrufen sollte, um herauszufinden, wohin man den Feuerwagen kostenpflichtig entfernt hatte. Als er mit seinen Überlegungen fertig war, blickte er wieder auf den Putten. Dieser hatte seinen Redeschwall für einen Moment unterbrochen und schien der Stimme in der Hörmuschel zu lauschen, wobei sich der Gesichtsausdruck immer mehr zu einem ungläubigen Entsetzen veränderte. Plötzlich rollte eine dicke Träne aus dem Augenwinkel, bahnte sich einen Weg durch die Augentusche und versickerte im Wangenpuder. Eine zweite Träne löste sich aus dem Winkel des anderen Auges, blieb eine Weile auf der viel zu schweren unteren Wimper liegen, um dann über die Kante zu kippen und auf der Wange aufzuklatschen, dabei einen winzigen runden Krater in den Wangenpuder hämmernd und in viele kleine Tröpfchen zerspringend. Der Putte fuhr sich einmal mit dem Handrücken über die Augen und über das Gesicht und verschmierte dabei die sorgfältig aufgebrachte Farbkomposition. Dann schien er, dem Verziehen des Gesichtes nach zu schließen, die Nasenfeuchte hochzuziehen. Nun begann er wieder zu reden, mit leidenschaftlich glühenden Augen den Telefonappa-

rat anstarrend, den Hörer mit beiden Händen umklammernd. Nach einer Weile schwieg er wieder,
zuhörend und das Gesicht weinerlich verziehend.
Weitere Tränen kamen aus den Augen und richteten
Verheerungen in der sicherlich mit viel Sorgfalt auf-
gebrachten Maskerade an. Gottvater starrte auf den
Putten und Mitleid schlich sich ein in seinem Herzen.
Er überlegte sich, den Putten in die Arme zu neh-
men und etwas zu trösten, ihm beruhigende Worte
wie "Ist doch alles nicht so schlimm" oder "Das wird
schon wieder" oder auch "Betrachte dieses doch als
neue Chance" zu sagen. Das wäre sicher eine gute
Aktion. Gottvater klopfte vorsichtig an die Glas-
scheibe der Telefonzellentür. Der Putte reagierte
nicht. Gottvater klopfte lauter. Der Putte reagierte
nicht. Gottvater schlug mit der Faust gegen die
Scheibe. Der Putte drehte den Kopf, fasste Gottvater ins Auge, öffnete die Telefonzellentür und fauch-
te: "Sehen Sie nicht, dass ich telefoniere, Sie alter
Sack? Ziehen Sie Leine und suchen Sie sich gefälligst ein anderes Telefon. Das dauert hier noch eine
Weile." Gottvater schnappte nach Luft und überlegte
hektisch, was er sagen sollte. Aber die Tür der Telefonzelle hatte sich schon wieder geschlossen. Der

Putte schnatterte schon wieder auf die Sprechmuschel ein. Vielleicht sollte er sich erst entschuldigen
für die Störung, ehe er den Putten etwas tröstete,
überlegte sich Gottvater. Vielleicht sollte er es etwa
so ausdrücken: "Entschuldige bitte, dass ich Dich
störe, aber das ist alles nicht so schlimm. Das wird
schon wieder." Das mit der neuen Chance sollte er
wahrscheinlich besser weglassen. Für derartige Gedanken hatte der Putte im jetzigen Stadium des
Schmerzes sicherlich keinen Sinn. Gottvater nickte
sich aufmunternd zu und klopfte wieder an die
Scheibe der Tür. Der Putte riss den Kopf herum und
funkelte ihn wütend an. Gottvater fuchtelte mit dem
linken Arm, um dem Putten zu signalisieren, dass er
ihn trösten wolle, dass alles nicht so schlimm sei
und so weiter. Aber der Putte schien ihn gründlich
misszuverstehen. Er sprach noch einen kurzen Satz
in die Sprechmuschel, drückte den Telefonhörer
dann gegen die ausladenden Kurven seiner Brust,
schob die Tür der Zelle auf und keifte: "Sagen Sie
mal, sind Sie auch noch schwerhörig? Ich bin noch
nicht fertig. Verschwinden Sie. Hier die Straße runter gibt es noch ein anderes Telefon." Die Tür
schlug wieder zu. Der Putte hob den Hörer wieder

43

ans Gesicht und redete auf die Sprechmuschel ein. Nein, dieser Putte hatte offenbar keinen Trost nötig. Gottvater schüttelte den Kopf und machte sich auf den Weg, die Straße runter zur anderen Telefonzelle. Seine nassen Schuhe quarrten bei jedem Schritt, er spürte das Wasser in seinen Wollsocken während der Lastwechsel zwischen Ferse und Ballen vor und zurück schwappen, während er ausschritt und die Telefonzelle suchte. Dank ihrer grellen Farbe sah er sie schon von Ferne und steuerte darauf zu. Glücklicherweise war sie frei. Er trat ein, nahm den Hörer von der Gabel und überlegte kurz, wie man diese Dinger bedienen musste. Erst musste man die Münzen einwerfen. Ah, hier war ein Schlitz. Sonst gab es keine Möglichkeit? Nein. Gut. Gottvater legte sich ein paar Münzen auf dem Apparat zurecht, steckte dann einige in den Schlitz und blickte sich suchend um. Die Nummer der Notrufannahmestelle der Himmlischen Heerscharen sollte eigentlich irgendwo angeschrieben stehen. Ah, hier. Er vergewisserte sich, dass das Freizeichen immer noch aus der Hörmuschel tönte, wählte die Nummer und hörte, wie sich das Summen änderte. Nach ein paar Summtönen klickte es und eine tiefe, konziliant

44

klingende Stimme sagte: "Notrufannahmestelle der Himmlischen Heerscharen, Sie sprechen mit Hauptwachcherubim Simpel. Was kann ich für Sie tun?" – "Hier spricht Gottvater. Ich bin hier in der Stadt und habe den Feuerwagen auf einem freien Platz abgestellt, der eine FEUERWEHREINFAHRT ist, wie ich eben feststellen konnte. Nun ist der Feuerwagen offenbar kostenpflichtig entfernt worden, während ich in einer Besprechung war. Können Sie mir sagen, wohin man den Feuerwagen kostenpflichtig entfernt hat?" Die Stimme wurde einen Ton unfreundlicher: "Sie wissen aber doch, dass man in einer FEUERWEHREINFAHRT nicht parken darf. Wir haben Ihren Feuerwagen natürlich kostenpflichtig entfernt. Begeben Sie sich nun am Besten zur nächsten Heerscharenwache. Wenn Sie dort einhundert Sterntaler bezahlen, teilt man Ihnen mit, wo Sie Ihren Wagen wieder abholen können. Ansonsten erhalten Sie ein Schreiben an Ihre Wohnadresse mit einem Überweisungsträger. Sobald Sie die Entfernungsgebühren entrichtet haben, erhalten Sie ein weiteres Schreiben mit dem Ort, von dem Sie Ihren Wagen wieder abholen können. Und nun machen Sie bitte die Leitung frei. Dies ist eine Notrufleitung." – "Und wo ist die nächste Heerscharenwache," fragte Gottvater, aber das Klicken in der Hörmuschel verriet ihm, dass Hauptwachcherubim Simpel die Verbindung schon unterbrochen hatte.

Gottvater seufzte, schlug das Telefonbuch auf, blätterte eine Weile herum und suchte nach der Adresse oder der Telefonnummer der nächsten Heerscharenwache. Dann nahm er den Hörer wieder von der Gabel, steckte einige Münzen in den Schlitz und wählte die Nummer. Nach ein paar Summtönen klang eine tiefe, konziliant klingende Stimme aus der Hörmuschel: "Himmlische Heerscharenwache, Sie sprechen mit Hauptwachcherubim Simpel. Was kann ich für Sie tun?" – "Hier spricht Gottvater. Ich habe meinen Feuerwagen aus Versehen in einer FEUERWEHREINFAHRT abgestellt, von wo er kostenpflichtig entfernt wurde, während ich in einer Besprechung war. Können Sie mir sagen, wo ich die nächste Heerscharenwache finde, um den Aufenthaltsort des Wagens zu erfahren?" – "Sie schon wieder," knurrte die Stimme, nun sehr unfreundlich. "Ich habe Ihnen doch schon vorhin gesagt, dass Sie Ihren Wagen nicht in einer FEUERWEHREINFAHRT abstellen dürfen." – "Können Sie mir bitte die

Adresse der nächsten Heerscharenwache nennen, damit ich meinen Wagen wieder auslösen kann?" Gottvaters Stimme klang immer noch geduldig. "Wo sind Sie denn nun überhaupt?" – "Moment mal ... Ah, hier. Auf dem Telefonapparat steht die Nummer IP 168 192 255 45. Können Sie damit etwas anfangen?" – "Ja. Sie sind im Moment in der Hethitenchaussee. Die nächste Wache ist in der Philisterstraße. Da gehen Sie am Besten die Hethitenchaussee noch etwa tausend Schritte runter. Dann finden Sie links die Philisterstraße. Dort fast an der Ecke zur Hethitenchaussee finden Sie die nächste Heerscharenwache. Wenn Sie Ihren Wagen nicht in einer FEUERWEHREINFAHRT abgestellt hätten, hätten Sie nun nicht den ganzen Ärger." – "Ja, ich weiß. Vielen Dank. Auf Wiederhören." – "Auf Wiederhören."

Gottvater hängte den Hörer wieder in die Gabel, sammelte die Münzen ein, welche noch auf dem Apparat lagen, kramte die drei aus dem Fach, in das sie aus dem Münzspeicher gerollt waren, steckte alle in seine linke Hosentasche, nahm seine Aktenmappe wieder hoch und verließ die Zelle. Er folgte dem Weg, den ihm Hauptwachcherubim Simpel beschrieben hatte und gelangte nach tausendeinhundert Schritten zu einer Querstraße, welche sich als Philisterstraße entpuppte. Es konnten auch tausend Schritte gewesen sein, Gottvater war sich nicht sicher, eine Hunderterstelle übersprungen zu haben beim Zählen. Er bog links in die Philisterstraße ein und sah schon das rote Schild mit dem weißen Flammenschwert, dem Signet der Himmlischen Heerscharen. Er wetzte gründlich seine Schuhe am Fußabstreifer ab und zog die Tür auf, um einzutreten. Er betrat einen unordentlichen, schon seit Urzeiten nicht mehr renovierten Raum, der durch einen Tresen in der Mitte geteilt wurde. Wenn man durch die Türe eintrat, steuerte man frontal auf den Tresen zu. Auf der rechten Seite vor dem Tresen war eine Bank an der Wand angebracht, auf der linken Seite führten zwei Türen aus dem Raum hinaus. Hinter dem Tresen waren zwei Schreibtische platziert. An der gegenüberliegenden Wandseite stand ein Aktenregal, das bis unter die Decke reichte. Auf der linken Seite führten wieder Türen in angrenzende Räume, auf der rechten Seite war ein verschrammtes Holzgestell an der Wand befestigt, in dem einige Flammenschwerter samt Scheiden hingen. In dem Raum hing ein längst abgestandener Geruch nach schlechter Verdauung, Erbrochenem, Angst und Verwahrlosung.

Hinter dem rechten Schreibtisch saß ein beleibter Cherubim in einer unordentlichen Robe, auf der Flecken vom letzten Mannafrühstück zu sehen waren. Er hatte einen Schnauzbart, der über seinen Mund hing und an den Enden hochgeringelt war. Sein Haupthaar hatte einer mächtigen Stirnglatze Platz gemacht, die von einem Wisch ungekämmter Haare über den Ohren und am Hinterkopf gesäumt wurde. Als Gottvater eintrat, drehte er sich in seinem Stuhl dem Tresen zu, seine Bauch- und Brustmassen unter der Robe wabbelten. Er hob fragend die Augenbrauen und starrte Gottvater an. Dieser trat an den Tresen heran, stellte seine Tasche darauf und sagte: "Guten Tag. Ich bin Gottvater und habe meinen Feuerwagen ..." – "... in einer FEUERWEHREINFAHRT abgestellt. Ich weiß. Und ich habe Ihnen schon mehrfach gesagt, dass man einen Wagen nicht in einer FEUERWEHREINFAHRT abstellt, weil er sonst kostenpflichtig entfernt wird." – "Das habe ich mittlerweile auch verstanden. Ich wollte nun hundert Sterntaler hinterlegen und meinen Feuerwagen wieder abholen." – "So einfach ist das nicht. Sie müssen erst mal dieses Formular ausfüllen." Mit diesen Worten erhob sich der Cherubim von seinem Stuhl und watschelte zum Tresen. Er zog aus dem Regal unter dem Tresen ein dickes Formular für mindestens fünffache Ausfertigung, legte es auf den Tresen und einen Schreibstift daneben. Gottvater klopfte seine Brust- und Jackentaschen ab, holte schließlich seine Brille aus der rechten Innentasche seiner Jacke, schob sie auf die Nase und äugte neugierig auf das Formular: "Wozu muss ich eine Verschwiegenheitserklärung ausfüllen, wenn ich meinen Feuerwagen abholen möchte?" – "Wie? Ach so, da habe ich doch tatsächlich danebengegriffen." Mit diesen Worten nahm der Cherubim das Formular wieder, zerknüllte es und warf es in einen bereitstehenden Papiereimer. Dieser war gefüllt mit zusammengeknüllten Formularen, also hatte Hauptwachcherubim Simpel schon öfter danebengegriffen. Simpel suchte eine Weile und legte schließlich ein anderes Formular vor Gottvater auf den Tresen. Dieser rückte seine Brille zurecht, fasste nach dem Schreibstift und begann, sorgfältig seine Daten in dem Formular einzutragen. Manchmal überlegte er eine Weile, ehe er ein "X" in ein Kästchen malte oder ein Wort schrieb. Als er fertig war und noch einmal alle Eintragungen überprüft hatte, setzte er sein Signum auf die unterste Zeile, legte den Stift wieder hin und schob Simpel das Formular zu. Dieser überprüfte langsam noch einmal alle Eintragungen, mit seinen Lippen die gelesenen Worte nachformend. In der Zwischenzeit öffnete Gottvater seine Tasche und entnahm ihr einen Leinenbeutel. "Wollen Sie die Sterntaler in bar haben oder ist ein Scheck auch in Ordnung?" Simpel blickte hoch, betrachtete kurz den Leinenbeutel und schüttelte den Kopf: "Ein Scheck ist in Ordnung. Können Sie mir bitte noch Ihren Pass zeigen?" – "Aber selbstverständlich." Gottvater holte seinen schon reichlich zerlesenen Pass aus seiner Tasche und legte ihn vor Simpel hin. Dieser vertiefte sich in die Eintragungen. Nach einer Weile meinte er: "Der Pass ist abgelaufen." – "Wie? Zeigen Sie. Tatsächlich. Aber erst zwei Äonen. Das dürfte doch kein Problem sein, oder?" – "Eigentlich müsste ich Sie nun festhalten und erst mal Ihre Personalien prüfen lassen. Dann müssten Sie einen neuen Pass ausstellen lassen. Aber ich will mal nicht so sein. Wenn Sie mir nun noch einen Scheck ausstellen, dann gebe ich Ihnen auch die Information über den Platz, an dem Ihr Wagen steht. Sehen Sie aber gefälligst zu, dass Sie sich einen neuen Pass ausstellen lassen." Gottvater kramte wieder in seiner Tasche, förderte nach einer Weile ein Scheckheft und einen Schreibstift zutage und füllte bedachtsam eine Scheckvorlage aus. Anschließend trug er den Betrag noch in eine Tabelle ein, gemeinsam mit der Schecknummer, dem Ausstelldatum und dem Empfänger des Schecks. Dann nahm er den Scheck aus dem Heft und reichte ihn dem Hauptwachcherubim. Dieser überprüfte wieder umständlich alle Daten, nickte endlich, legte den Scheck beiseite und deutete mit dem rechten Daumen über seine Schulter: "Ihr Feuerwagen steht hinter dem Haus auf dem Hof. Und parken Sie nie wieder in einer FEUERWEHREINFAHRT. Auf Wiedersehen." Gottvater räumte seinen Pass, seinen Schreibstift und seine Brille in seine Tasche, verschloss diese, nickte dem Cherubim ein "Auf Wiedersehen" zu und verließ die Heerscharenwache.

Er umrundete das Gebäude und fand seinen Feuerwagen richtig auf dem Hof. Er verstaute seine Tasche im Kofferraum, legte seinen Mantel auf den

Rücksitz und stieg, erleichtert aufseufzend, ein. Als er endlich in die Straße eingebogen und auf dem Weg nach Hause war, spürte er Müdigkeit in sich.

Er parkte seinen Wagen vor dem Himmel, holte seine Aktentasche aus dem Kofferraum, verschloss sorgfältig den Wagen und durchschritt das Himmelstor. Er steuerte in seine Werkstatt, stellte dort die Tasche ab und merkte plötzlich, wie hungrig er war. Er begab sich in die Küche in der Hoffnung, dort etwas Essbares zu finden. Schon von weitem hörte er Schimpfen, immer wieder unterbrochen von entschuldigendem Gejammer. Die laute Stimme klang ganz nach Luzifer, aber was wollte sie hier? Hatten sie etwas vereinbart? Hatte er etwas vergessen? Hastig durchstöberte Gottvater seine Erinnerungen, aber ihm fiel nichts ein. Er drückte die Küchentür, die halb offen stand, ganz auf und trat ein. Auf dem mächtigen Tisch in der Mitte der Küche stand eine große Wanne voll dampfendem Seifenwasser. Hinter der Wanne standen zwei Putten mit unglücklichem Gesicht, eine Schürze über ihre Robe gebunden, und waren unverkennbar dabei, schmutziges Geschirr abzuwaschen, während Luzifer wutschnaubend in der Küche hin und her lief, Geschirrstapel umschichtete, Essensreste in einen großen Eimer warf und dabei unablässig schimpfte und fluchte: "... Schweinestall habe ich in meinem ganzen Leben noch nicht erlebt. Was denkt Ihr Euch eigentlich? Nun mach mal ein bisschen vorwärts und pass auf, dass Du etwas ordentlicher abwäschst. Schau doch mal hier, da ist ja noch eine halbe Mahlzeit auf dem Teller. Verdammt noch mal, könnt Ihr eigentlich gar nichts richtig machen?" Der Putte schluchzte leise und zog geräuschvoll die Nasenfeuchte hoch.

"Eigentlich wollte ich nur eine Kleinigkeit essen, aber ich glaube, im Moment störe ich hier," sagte Gottvater. Luzifer starrte ihn an und machte dann eine einladende Handbewegung: "Wenn Du etwas zu essen findest, was nicht verdorben ist, bitte bediene Dich. Wie hältst Du das nur aus, in einer derartigen Unordnung zu leben?" – "Das ist keine Unordnung, das ist nur ein Zustand höherer Komplexität. Aber lassen wir das. Gibt es etwas zu essen? Einen Honigriegel und eine Tasse Manna?" – "Ich mache Dir ein Tablett fertig und bringe es Dir in die Werkstatt. Hier ist es im Moment nicht sehr einladend." – "Gut, danke." Gottvater wandte sich wieder aus der Tür und kehrte in die Werkstatt zurück.

Nach einer Weile tauchte Luzifer auf, in der einen Hand ein Tablett mit einigen Honigriegeln und einer dampfenden Tasse drauf balancierend, in der anderen Hand einen Scheuerlappen und einen dampfenden Eimer schleppend. Sie stellte das Tablett auf dem Zeichentisch ab und den Eimer in die Mitte der Werkstatt. Gottvater starrte sie entgeistert an: "Du willst jetzt aber nicht hier auch noch saubermachen? Du hast doch vor kurzem erst alles abgewischt und nebenbei alle meine Papiere durcheinander
gebracht." – "Das war kein Durcheinander, sondern ein Zustand höherer Komplexität, in den ich Deine Papiere versetzt habe. Um auf Deine Frage zu kommen: Ich möchte hier wirklich saubermachen." Mit diesen Worten begann Luzifer, energisch mit dem Wischlappen über die Borde und Regale zu fahren. Zwischendrin spülte sie den Wischlappen im Eimer aus, dessen Wasser sich nach kurzer Zeit bereits dunkel verfärbt hatte.
Gottvater zerkaute währenddessen bedächtig seine Honigriegel und spülte sie von Zeit zu Zeit mit einem großen Schluck Manna in den Magen. Nach einer Weile hielt Luzifer inne, blickte Gottvater an

und fragte: "Wie geht es Dir sonst? Kommst Du voran mit Deinen Geschöpfen?" – "Ich war heute wieder mal bei der ÜBERGEORDNETEN INTELLIGENZ und habe ihr meine letzten Schöpfungsresultate wegen des Menschen präsentiert. Er schien nicht unzufrieden zu sein mit Ergebnis, bemängelte allerdings die Güte der Dokumentation und meinte dann, ich solle dem Menschen nicht nur negative Motivation als Antrieb geben, sondern auch eine positive. Ich habe mir erst gedacht, ich werde ihm die Liebe implementieren, weiß aber noch nicht, wie ich diese programmieren soll." – "Es ist immer das gleiche mit diesen Kunden. Erst sagen sie nicht genau, was sie wollen, und dann kann man es ihnen nicht recht machen." – "Nein, dieses Mal kann ich die Einbeziehung der Liebe als separate Leistung abrechnen. Glaube ich zumindest." – "Glauben heißt nicht zu wissen. Ich würde diesen Punkt im Vorwege klären, ehe Du dann wieder mit den nicht zu bezahlenden Rechnungen dasitzt." – "Ja. Aber wie soll ich das Problem lösen, die Liebe zu implementieren?"
Luzifer wischte eine Weile schweigend und nachdenklich auf der Werkbank herum. Endlich sagte sie: "Hast Du Lust auf einen kleinen Spaziergang?"

– "Hm, ach ja, warum nicht?" Zögernd stand Gottvater auf, klopfte ein paar Honigriegelkrumen von seiner Hose und blickte sich suchend um. Luzifer nahm den Eimer und den Wischlappen und sagte eifrig: "Ich bringe nur eben das Putzzeug in die Küche. Ich bin gleich wieder da. – Was suchst Du denn?" – "Ich suche meinen Hut. Ich hatte ihn doch vor kurzem noch. Habe ich ihn im Feuerwagen liegenlassen?" – "Ich bringe ihn gleich mit. Gibst Du mir die Wagenschlüssel?" Gottvater zog den Schlüssel des Feuerwagens aus der Hosentasche und reichte ihn ihr. Luzifer verschwand. Während Gottvater auf sie wartete, zog er ein Blatt herbei und nahm einen Schreibstift zur Hand. Er begann, Linien und Kästchen zu zeichnen und murmelte vor sich hin: "Ja, der Eingriff muss an dieser Stelle passieren. Lasse ich ihm die Freiheit, die Priorität fallweise selbst zu bestimmen? Wenn man das so und so – ja, genau so – verknüpft, dann kann kein widersprüchlicher Zustand entstehen. Hm, wie initialisiere ich sie? Wie war das noch mit der Überlebensprozedur? Damals hatte ich doch diese Aggressionsfunktion mit eingebaut? Diese muss ich an dieser Stelle natürlich überblenden. Wie wäre es mit einer singulären Modulation? Nein, das ist nicht so gut. Wo ist denn hier das Radiergummi?" Gottvater blickte sich suchend um und hob ein paar Blattstapel hoch, klopfte auf andere Stapel mit der flachen Hand, öffnete ein paar Schubladen, seufzte schließlich und brummte: "Diese singuläre Modulation hier darf ich nicht implementieren. die führt nur zu Konfusionen. Das muss ich wieder entfernen. Nicht vergessen."

In diesem Moment öffnete sich die Tür und Luzifer trat ein: "Dein Hut lag tatsächlich noch im Feuerwagen. Hier hast Du ihn. Wollen wir nun losgehen? Ein bisschen im Garten Eden laufen?" – "Ja, gut." Gottvater legte den Schreibstift auf das Blatt, auf dem er eben noch gemalt hatte, ergriff den Hut und setzte ihn auf. Dann öffnete er die Tür, winkte Luzifer hinaus und folgte ihr, die Tür hinter sich zuziehend. Sie gingen schweigend einen langen Flur hinab, der nach einer Weile rechts abknickte und dort nach einer kurzen Strecke in einen lichtdurchfluteten Garten mündete, den Garten Eden. Balsamische Düfte umschmeichelten die Nase, während sich die Haut von der Wärme liebkost fühlte und sphärische Klänge die Luft zum Vibrieren brachten. In der Ferne ertönte lustiges Lachen, dann Beifallsrufe. "Die

Putten scheinen wieder ein Fußballturnier auszutragen," meinte Gottvater. Luzifer hakte ihren Arm in seine Ellenbeuge und zog ihn mit sich fort. An einer Bank, die sich rund um einen riesigen Baum mit mächtiger Blattkrone zog, machte sie Halt und blickte ihn fragend an. Gottvater zuckte mit den Schultern und meinte: "Ich dachte, Du willst spazieren gehen. Aber wir können uns auch hinsetzen. Bitte schön." Nachdem die beiden sich hingesetzt hatten, blickte Luzifer eine Weile vor sich hin und seufzte dann. Gottvater hatte sich gemütlich zurückgelehnt und war gerade dabei einzunicken und reagierte daher nicht. Luzifer seufzte noch einmal. Gottvater schloss seine Augen. Luzifer seufzte noch einmal, lauter dieses Mal. Gottvater schlug die Augen auf und sagte: "Stimmt etwas nicht?" Luzifer begann zu weinen und schluchzte: "Ich bin so unglücklich. Niemand kommt zu mir in die Hölle und besucht mich dort. Immer bin ich alleine." – "Aber das stimmt doch nicht. Ich dachte, dass die Putten und sogar die Erzengel immer wieder mal bei Dir in der Hölle zum Essen, Trinken und Feiern sind." – "Die kommen doch nur, weil es hier oben im Himmel nichts richtiges zu essen gibt." Gottvater zog Luzifer an sich und streichelte ihr unbeholfen übers Haar. "Ich weiß nicht, wie ich das ändern kann. Was soll ich denn machen?" Luzifer lehnte ihren Kopf an Gottvaters Schulter. Wieder begann sie zu weinen. "Du wolltest mich doch nur los sein, als Du die Hölle für mich gebaut hast." – "Du wolltest doch eine Hölle für Dich haben." – "Ich wollte eine Hölle haben mit Seelen drin, die mich loben und preisen." – "Du weißt, dass es mir nicht gelungen ist, die Seelen so zu schaffen, wie ich das ursprünglich vorhatte. Ich bin ja schon froh, dass die ÜBERGEORDNETE INTELLIGENZ diesen Hilfszustand anerkannt und abgenommen hat. Nun muss ich mich um die nächste Anforderung kümmern." – "Und um mich kümmerst Du Dich überhaupt nicht." Luzifer heulte wieder los. Gottvater schüttelte betrübt den Kopf: "Du bist ja fast nie da. Du bist ja fast immer in der Hölle. Wie soll ich mich da um Dich kümmern?" – "Du wolltest mich eben nur loswerden und hast mich in die Hölle abgeschoben." Gottvater lehnte den Kopf zurück an den Baum, schloss die Augen und sagte langsam: "Du wolltest ein Reich haben, in dem Du unabhängig sein konntest und in dem Du machen konntest, was Du wolltest. Du wolltest Dich selbst verwirklichen. Ich konstruierte und baute die Hölle nach Deinen Vorgaben. Ich vereinbarte mit den Putten und den Erzengeln, weil es hier im Himmel keine organisierte Küche mehr gibt, zu Dir in die Hölle zum Essen und Trinken zu gehen, wenn sie sich nicht nur von Fertiggerichten ernähren wollten. Die Putten sind systematisch zu jedem freundlich, dem sie gegenüber stehen und loben und preisen Dich sicherlich genau so, wie sie mich loben und preisen. – Moment, das war es." Gottvater saß plötzlich sehr aufrecht. Luzifer sah ihn an und wischte sich die rot geweinten Augen: "Was war was?" – "Ich war doch heute in der Stadt bei der ÜBERGEORDNETEN INTELLIGENZ. Als ich anschließend den Feuerwagen abholen wollte, war er nicht mehr da. Ich hatte ihn aus Versehen in einer FEUERWEHREINFAHRT abgestellt, wie ich das immer mache, seit ich für die ÜBERGORDNETE INTELLIGENZ arbeite, und die Himmlischen Heerscharen hatten ihn abgeschleppt. Ich versuchte dann, ein Telefon zu finden, um die Himmlischen Heerscharen anzurufen, und kam an ein Telefonhäuschen, in dem ein langhaariger Putte stand und weinte, während er telefonierte. Irgendwie war das nicht normal. Ich war jedoch so von meinem eigenen Problem, den Feuerwagen zu bekommen, gefangen, dass ich mir weiter keine Gedanken machte, warum mir aufgefallen war, dass der Putte weinte. Nun weiß ich es. Putten weinen nicht. Sie sind geschaffen, um zu loben und zu preisen, aber nicht, um zu weinen. Weinen ist eine Möglichkeit auszudrücken, dass man unglücklich, unzufrieden, mutlos oder hilflos ist. Putten haben aber kein Bewusstsein für Glück, Zufriedenheit, Mutlosigkeit oder Hilflosigkeit. Das übersteigt ihre Fähigkeiten. Oder hat sich etwas geändert?" – "Was soll sich geändert haben?" – "Die Putten haben einen höheren Bewusstseinsstand erreicht. Zumindest dieser Putte hat es. Und möglicherweise der andere Putte, mit dem er telefonierte, als er weinte. Ich muss unbedingt wieder mal ein Seminar besuchen. Durch die viele Arbeit in der letzten Zeit schaffe ich es nicht mehr, mich über alle Neuerungen und Möglichkeiten zu informieren. Und dabei soll ich jetzt bei meinem Menschen ein positives Stimulans implementieren." – "Was ist das denn, ein positives Stimu...?" – "Ein positives Stimulans. Ein Stimulans ist etwas, mit dem man indirekt steuern kann. Bis jetzt ist der Mensch so programmiert, dass er auf

Überleben ausgerichtet ist, das heißt, er hat ein sehr starkes Stimulans, wenn er in Gefahr gerät, um dieser Gefahr zu begegnen oder zu entgehen. Ich verstärkte diese Funktion, indem ich ihm Aggressivität verlieh, mit deren Hilfe er nicht nur verteidigend ums Überleben kämpft, sondern angreift, wenn er sich möglicherweise bedroht fühlt. Da er mit einem kreativen Verstand ausgestattet ist, entwickelt er Strategien und Hilfsmittel, um sein Überleben zu sichern, auf Kosten seiner Mitmenschen. Das ist ein negatives Stimulans. Negativ aus dem Grund, weil dieses Stimulans gleichzeitig bewirken kann, dass seine Mitmenschen in Gefahr geraten. Bei einem positiven Stimulans würde er Überlebensmöglichkeiten schaffen, welche gleichzeitig das Überleben seiner Mitmenschen sicherstellen. Das bedeutet, dass er eine Gemeinschaft mit anderen Menschen nicht mehr nur aus dem Grund eingeht, weil eine Gemeinschaft stärker ist als ein Einzelwesen, sondern weil er die Gemeinschaft als solches sucht. Warum soll er die Gemeinschaft suchen? Weil er nach einem Partner sucht. Und dieser Wunsch, einen Partner zu finden, muss so stark sein können, dass er dafür die implementierte Aggression gegen seine Mitmenschen überwindet. Ja, der Mensch muss den Wunsch, ach was, geradezu ein suchtartiges Sehnen in sich haben, einen Partner zu finden. Und während dieser Suche muss er wie eine Falle immer gespannt sein, um jemanden, der einem bestimmten Muster entspricht, für sich gewinnen zu wollen. Ja, genau, so muss es sein. Und wenn er den Menschen nach dem in ihm programmierten Muster findet, dann schnappt die Falle zu. Zack." Gottvater fuchtelte begeistert mit den Händen herum, während er seine Gedanken spann, und hieb sich mit der rechten Faust in die linke Handfläche. "Und er hat das Bedürfnis, für diesen Menschen sich selbst zu überwinden und vielleicht sogar aufzugeben. Das ist dann wirklich ein mächtiges positives Stimulans, ha." Gottvater stach mit dem rechten Zeigefinger triumphierend in die Luft. "Ich muss also diese Prozedur höher priorisieren als die Überlebensprozedur und die Aggressionsfunktion." Mit diesen Worten stand Gottvater auf, rieb sich die Hände, wandte sich an Luzifer und sagte: "Hatten wir beide noch etwas zu klären? Ich glaube, ich muss wieder in meine Werkstatt. Ich weiß jetzt, wie die Programmerweiterung für den Menschen aussehen soll." Luzifer sah ihn lange mit tödlich verwundetem Blick an, schüttelte betrübt den Kopf und sagte: "Ich glaube nicht, dass wir im Moment etwas zu besprechen haben. Ich kehre dann wohl wieder in meine Hölle zurück."

Und Gottvater eilte zurück in seine Werkstatt und implementierte die Liebe in das Verhaltensprogramm des Menschen. Leider vergaß er dabei, die singuläre Modulation wieder zu entfernen, die er vorher versehentlich eingezeichnet hatte. Darum führt die Liebe heute immer noch zu Konfusionen im Leben des Menschen.

Geistesblitze und Ideen

Es klopfte an der Tür. Gottvater war gerade damit beschäftigt, seine Fingernägel zu säubern. Er benutzte dafür ein langes, spitzes und vom vielen Schleifen schmal gewordenes Messer mit einem Holzgriff, der vom Alter und häufigen Gebrauch dunkel und glänzend geworden war. Er zog die Messerspitze mit der scharfen Seite zum Nagel hin unter dem Nagelrand entlang und achtete dabei darauf, dass er mit der Spitze nicht zu tief drang. Unter dem linken Mittelfingernagel war ein besonders hartnäckiger schwarzer Belag, den er nun mühsam Schicht für Schicht abschabte. Zwischendrin schnippte er die hervorgearbeiteten Späne mit seinem Daumen auf den Boden. Es klopfte erneut. Gottvater legte sein Messer auf den Tisch, wandte sich um und sagte: "Ja?" Die Tür öffnete sich und Michael guckte in die Werkstatt. "Komm doch herein. Such Dir einen Platz und setz Dich." Gottvater blickte sich bei diesen Worten suchend um. Aber alle Stühle waren entweder mit irgendwelchen Sachen belegt oder beschädigt. Michael steuerte auf einen der beschädigten Stühle zu, und ehe Gottvater ihn warnen konnte, hatte er sich mit einem lässigen Plumps hingeflegelt. Der Stuhl hielt diese Belastung nicht aus und brach mit einem lauten Krachen zusammen. Michael fiel hintenüber, riss dabei instinktiv das Flammenschwert hoch und schlug damit gegen ein Bücherbord an der Wand. Dieses war ziemlich überladen, und ein Buch, das obenauf gelegen hatte, fiel durch die Erschütterung herunter, klappte dabei auf und landete auf Michaels Kopf. Staub wirbelte hoch. Gottvater schüttelte den Kopf und sagte lustig: "Da soll noch mal einer sagen, Michael habe kein Interesse für Bücher. Entschuldige bitte, aber ich wollte Dich eben noch warnen, dass dieser Stuhl nicht mehr zu gebrauchen ist." Er stand auf, ging zu Michael, reichte ihm die Hand und zog ihn hoch. Michael nieste, schnaubte dann entrüstet und blickte an seiner Robe hinab. "Oje, jetzt bin ich völlig beschmutzt. Sieh mal, diese Flecken lassen sich bestimmt nicht mehr entfernen. Wie sehe ich nur aus? So kann ich doch nicht herumlaufen. Wenn mich jemand so sieht." Gottvater winkte ab und meinte: "Dann ist derjenige bestimmt sehr verwundert und fragt sich, was in Dich gefahren ist, dass Du plötzlich schmutzige Arbeiten verrichtest. Ich

glaube nicht, dass diese Flecken nicht mehr raus-
gehen. Das lässt sich sicherlich waschen. Aber Du
wolltest eigentlich nicht zu mir kommen, um mit mir
über Deine Kleidung zu reden?" – "Nein, eigentlich
wollte ich Dich fragen, ob Du für mich zum nächsten
Schöpfungsfest nicht ein Elixier schaffen kannst,
mit dem meine Haut weicher, geschmeidiger und
glänzender wird. Ich fühle mich manchmal so ausge-
trocknet und alt." – "Aber Du alterst doch nicht. Du
bist doch für die Ewigkeit geschaffen." – "Aber ich
fühle mich alt. Alt und verbraucht. Kannst Du etwas
erschaffen, mit dem ich meine Haut einschmiere und
dann wieder attraktiv aussehe?" – "Ich muss mal
sehen ... Wenn Du aber gerade mal da bist: Ich habe wahrscheinlich eine Aufgabe für Dich. Ich dachte
lange nach, wen ich damit betrauen kann, Du bist
aber der einzige, der alle notwendigen Fähigkeiten
hat, um mit dieser Aufgabe fertig zu werden. Es ist
gewissermaßen eine diplomatische Mission, die Du
zu erfüllen hast."
Michael verzog erst das Gesicht, als er etwas von
Aufgaben hörte, bei der Erwähnung seiner besonde-
ren Fähigkeiten hellte sich seine Miene aber wieder
auf. Er gestattete sich sogar so etwas wie Verle-

genheit ob des Lobes und drehte sein Flammenschwert hin und her.

Gottvater hob beide Hände vors Gesicht, drückte
die Mittelfinger an die Schläfen, schloss die Augen,
holte tief Luft und sagte: "Im Garten Eden gibt es im
hinteren Teil diese Buschrosenhecke mit den wun-
derschönen gefüllten Rosen. Kannst Du von diesen
Rosen einige besonders schöne aussuchen, sie zu
einem Strauß binden und zu Luzifer in die Hölle
bringen? Mit schönen Grüßen von mir?" – "Ist das
alles? Das ist doch keine wichtige diplomatische
Mission." – "Das ist sogar eine sehr wichtige diplomatische Mission. Und Du bist der geeignetste Diplomat dafür. Du bist sogar der einzige geeignete
Diplomat dafür." Michael hob sein Flammenschwert
hoch, verzog geringschätzig das Gesicht und ging
zum Werkstattausgang. Dort drehte er sich noch
einmal schwungvoll um und blickte über die Schulter
zu Gottvater, während er die Tür aufzog: "Und dann
bekomme ich mein Elixier für die schöne, glatte,
weiche Haut?" Sprach es und verschwand, die Tür
lässig ins Schloss schmetternd.

Gottvater schüttelte den Kopf und kehrte wieder zu
seiner Reinigungsarbeit zurück. Als er alle Finger-

nägel gesäubert hatte, blickte er nachdenklich auf seine Zehennägel, rollte die Zehen auf und ab, schüttelte dann den Kopf und legte das Messer in eine Schublade.

Er nahm ein Blatt, das auf seinem Schreibtisch lag, las langsam seinen Inhalt, legte es wieder hin. Dann stand er auf und ging zu einem Bücherbord, entnahm ihm einen dicken Folianten, fasste ihn mit der linken Hand am Rücken und schlug ihn mit der rechten Hand auf, die Seiten mit dem angefeuchteten Zeigefinger beiseite schiebend. Nach einer Weile erfolglosen Suchens klappte er den Folianten mit einem Seufzen wieder zu und stellte ihn auf das Bücherbord zurück.

Er ging wieder zu seinem Schreibtisch, setzte sich und blickte unglücklich auf ein Blatt, auf dem oben in Blockbuchstaben stand: "IMPLEMENTATION EINER IDEE".

Er nahm einen Schreibstift hoch, malte in der Mitte des Blattes einen Kreis, betrachtete ihn eine Weile, nahm dann ein Radiergummi und entfernte den Kreis wieder. Er kratzte sich mit dem Bleistift hinter dem linken Ohr, steckte dann den kleinen Finger der rechten Hand in sein rechtes Ohr und schüttelte anschließend die Hand, dabei das Gesicht genießerisch verziehend. Dann zog er den Finger wieder aus dem Ohr und blickte interessiert auf die dunkelbraune Masse, die sich unter seinem Nagel gesammelt hatte. Er drückte mit dem Daumen der rechten Hand gegen den Fingerspitzenballen, auf diese Weise die dunkelbraune Masse unter dem Nagel hervorquetschend. Er betrachtete sie wieder eine Weile und wischte sie schließlich an seinem Hosenbein ab. Dann stand er auf und ging aus der Werkstatt.

Seit er Luzifer im Garten Eden auf der Bank hatte sitzenlassen, weil ihm endlich eingefallen war, wie er die Liebe mit der Überlebensprozedur im Menschen verknüpfen sollte, hatte er nichts mehr von ihr vernommen. Sie war damals in die Hölle zurückgekehrt und hatte sich nicht mehr gemeldet.

Solange er damit beschäftigt gewesen war, die Programmänderung umzusetzen und die Einspielroutine in das menschliche Gehirn zu erstellen und zu testen, hatte er sein Alleinsein gar nicht wahrgenommen, aber nun fehlte sie ihm plötzlich. Darum hatte er den Erzengel Michael mit einem Rosenstrauß losgeschickt, um ihr seine Entschuldigung mitzuteilen, aber vielleicht war die Wortwahl nicht so geschickt gewesen. Vielleicht hatte sie nicht verstanden, was Michael ihr ausrichten sollte. Wo Michael nur blieb?

Gottvater lief in die Küche, öffnete dort ein paar Schränke, fand aber nichts außer ein paar Honigriegeln und schloss sie wieder. Er ging wieder zurück in die Werkstatt und blieb vor seinem Schreibtisch stehen. "IMPLEMENTATION EINER IDEE" stand immer noch auf dem Blatt. Den Kreis hatte er sehr unsorgfältig wegradiert. Er setzte sich, nahm das Radiergummi zur Hand und rubbelte noch einmal an dem blass gewordenen Kreis herum. Endlich wischte er die Gummifussel mit der Handkante vom Blatt und vom Tisch und legte das Radiergummi wieder weg.

Es war klar, dass eine Idee eine neuartige Verknüpfung der Synapsen im Gehirn des Menschen bedeutete. Aber wie sollte diese Verknüpfung generiert werden? Er musste das Wachstum einer Synapse mit den Randbedingungen der Idee steuern, die Synapse quasi wie einen Vektor programmieren. Gottvater nahm einen Schreibstift und zog langsam eine schräge Linie auf das Blatt. Dann malte er an ein

72

Ende der Linie einen Kreis und klopfte anschließend mit der Bleistiftspitze auf die Linie, während er nachdenklich nickte. Plötzlich schüttelte er den Kopf, malte eine zweite Linie, welche von dem Kreis senkrecht zur ersten Linie wegführte, und versah sie mit einem Fragezeichen.

Genau. Gottvater nickte. Er musste mindestens ZWEI Synapsenwachstume mit den Randbedingungen der Idee programmieren und sie zusammenwachsen lassen, indem er die Synapsenparameter mit einer gemeinsamen Laufvariable versah. Gottvater brummte zufrieden.

Dann stand er wieder auf und holte einen dicken Blattstapel aus einem seiner Bücherborde. Er blickte erst auf die letzte Seite, auf der eine Liste stand, nickte und meinte: "Alle Programmänderungen sind offenbar vorhanden, das ist sehr gut," und fing an, den Blattstapel von vorne durchzublättern.

An verschiedenen Stellen machte er Halt, las sorgfältig einige Zeilen, sie mit der Zeigefingerspitze nachfahrend, und machte sich Notizen auf einem neben dem Stapel liegenden Blatt.

Als er den Blattstapel auf diese Weise durchgearbeitet hatte, schloss er ihn wieder und legte ihn an die linke entfernte Ecke an seinem Schreibtisch auf einen Haufen anderer Blattstapel und Bücher. Dann hob er das Blatt mit seinen Notizen an, lehnte sich in seinem Stuhl zurück und las die Liste aufmerksam durch. Zwischendrin beugte er sich nach vorne, legte das Blatt auf den Tisch und machte am Beginn einer Zeile der Liste eine kurze Anmerkung.

Als er wieder fertig war, legte er Blatt und Schreibstift auf den Tisch, stand auf und ging im Raum auf und ab. Wo blieb Michael nur so lange Zeit? In diesem Moment klopfte es an die Tür. "Ja," sagte Gottvater, sich auf den Zehenspitzen zur Tür drehend. Die Tür öffnete sich und Luzifer kam herein. Sie hielt ein Bündel Rosen in der Hand. "Warum kannst Du nicht selber kommen," fragte sie, "wenn Du mir etwas auszurichten hast? Warum sendest Du Deinen Erzengel?" Gottvater zuckte mit den Schultern und sah sie schweigend an. Luzifer sagte: "Ich freue mich über die Rosen, aber ich wundere mich über die Art, wie sie überbracht werden." Gottvater seufzte, kratzte sich am Hinterkopf, zuckte mit den Schultern und sagte: "Ich war mir nicht sicher, ob meine Wortwahl für die Entschuldigung wirklich gut ist. Und ich dachte, dass Michael wahrscheinlich die besseren Worte zu finden schafft." – "Oh, Michael findet sehr geschmeidige Worte, wenn er will. Aber ich will nicht von Michael eine Entschuldigung, sondern ..." Luzifer stutzte und sagte: "Nein, ich will nicht eine Entschuldigung. Ich hätte mich über eine Entschuldigung gefreut. Aber es ist schon in Ordnung. Kann es sein, dass es nicht wirklich leicht ist, ein Schöpfer zu sein und von seinen Ideen gepeinigt zu werden?"

Gottvater sah sie eine Weile an, man konnte geradezu sehen, wie es in seinem Hirn arbeitete, dann schüttelte er den Kopf: "Das Problem sind nicht die Ideen, die einen peinigen, sondern die Zeit, bis sich eine Idee entschließt, ein Gedanke zu werden und formuliert werden zu können, gewissermaßen die Geburtsdauer einer Schöpfung."

Gottvater wandte sich ab, ging zu seinem Schöpfertisch und klopfte mit dem Zeigefinger auf das Papier, das er gerade beschrieben hatte: "Ich kann nicht die Zeit als Laufvariable für die Synapsenparameter einführen, weil ich nicht kalkulieren kann, wie lange die Reifezeit für eine Idee ist, bis sie zum Gedanken wird. Darum wird man wohl nie vorhersagen können, wie lange es dauert, bis eine Idee zur Se-

rienreife gelangt." Gottvater seufzte und zuckte mit
den Schultern.